KB192148

잔망룹세이

데굴데굴 얼레벌레 어떻게든 굴러가는 잔망루피 이야기

정지음 지음

웅

저는 어릴 때부터 핑크색을 좋아했습니다. 제게 어울리는 색은 아니지만 마음속으로는 항상 핑크색을 짝사랑하고 있었지요! 그러니 잔망루피를 처음 본 순간 반해버린 것도 당연한 일입니다. 게다가 잔망루피는 성격도 정말 사랑스럽습니다. 한없이 밝고 명랑하면서도, 조금 더 살펴보면 밝고 명랑하지만은 않은 점이 특히 그렇습니다. 잔망루피의 매력은 약간 짠하지만 누구보다 씩씩하다는 데 있는 것 같습니다.

《잔망룹세이》를 집필하는 동안, 인간 정지음의 삶은 꽤나 고되었습니다. 그래도 잔망루피의 시선으로 세상을 볼 땐 안심하고 잔망스러운 세계에 머무를 수 있어서 좋았습니다. 새삼 작가가 되길 잘했다는 생각도 들었어요. 세상천지에 잔망루피 팬들이 참 많지만 공동 집필까지 해낸 성덕은 저 한 명뿐이니까요! 우하하~

차례

이번 달 관계 유지비입니다

·1·

내 속엔
내가 너무도 많아

나다운 게 대체 뭔데 ● 016
남들의 지저귐은 나의 BGM ● 019
내 속엔 내가 너무도 많아 ● 023
혼자 있고 싶은데 혼자 있기 싫어 ● 026
오늘부터 행복을 스포일러하겠어 ● 029
성격은 못 바꿔도 생각은 바꿀 수 있어 ● 033
매일매일 인생네컷 ● 036
사람들은 어차피 나를 잘 몰라 ● 039

·2·

싸워도 돼,
내일 다시 만난다면

먼 나랑 이웃 너랑 ● 042
슈퍼스타 내 친구 ● 044
네 마음만 있냐? 내 마음도 있다! ● 049
널 만난 게 행운인 이유 ● 055
이런 게 바로 소울메이트 ● 058
너 때문에 나 어쩌냐 ● 060
싸워도 돼, 내일 다시 만난다면 ● 062

PART 2

제가 다 생각이 있습니다

·1·

이건
미슐랭 쓰리 스타야

·2·

어떻게 하면
잘 놀았다고 소문이 날까

어쩌겠어 그래도 출근은 해야지

이번 달 관계
유지비입니다

"하나… 둘… 셋… 넷… 백만서른여덟….
어디가 끝일까?"

· 1 ·

내 속엔
내가 너무도 많아

나다운 게 대체 뭔데

내가 추욱 쳐져 있을 때면 뽀로로가 와서 묻곤 해.

"너답지 않게 왜 그래?"

하지만 나다운 게 뭔지는 아무도 모르는걸?
나조차 모르는 나를 누가 알 수 있겠어.

그래도 나를 밝고 명랑한 비버라고
생각해주는 뽀로로에겐 고마웠어.

어쩌면 '진짜 나'는 그리 밝지도,
유달리 명랑하지도 않을지 몰라.
하지만 날 그렇게 봐주는 친구가 있어 오늘도 힘이 나잖아.
지금 당장은 멋진 비버가 아니어도
언젠가 훌륭한 '나다움'을 가지겠다는 꿈을 꿀 수 있잖아.

아까는 뽀로로에게

"나다운 게 뭔데?"라고 되묻고 싶기도 했어.

하지만 그 말은 다시 내 마음속 사물함에 꼬옥 넣어두었지.

물어본 건 뽀로로여도,

답을 찾아야 하는 건 결국 나일 테니까.

남들의 지저귐은 나의 BGM

나 오늘은 펑펑 울었어.

어떤 못난 녀석들이 글쎄 내 험담을 하고 다닌다는 거 있지!
그것도 없는 말까지 지어내서 말이야.

당장 찾아가 담판을 지을까 했지만,
그러지 않기로 했어.
코코아 한 잔으로 시린 마음을 데워보니
이 모든 일이 오히려 당연하지 않겠어?

원래 슈퍼스타가 가는 길에는
환호가 반, 잡음이 반인 법이잖아.
그리고 진정한 슈퍼스타는
잡음까지 한데 모아 음악으로 만드는 사람이거든.

떠들고 싶으면 떠들라고 해.
대신 언젠가 그 애들을 만나면 이렇게 말해줄 거야.

너희들이 낸 소음 덕분에
내 마음속 계이름은 다채로워졌다고,
너희들의 지저귐은 결국
내 삶의 클라이맥스를 장식하는
BGM이 되었을 뿐이라고 말이야!

내 속엔 내가 너무도 많아

있잖아,
비밀 하나 털어놔도 될까?

시간이 갈수록
내 안에 새로운 잔망루피가 계속계속 생겨나는 것 같아.

첫 번째 잔망루피는 바로 나야!
귀엽고 사랑스럽고 앙증맞은 핑크 비버.

두 번째 잔망루피는 겁쟁이야.
매일 안 될 거라고, 포기하라고 속삭이기만 해.

세 번째 잔망루피는 울보야.
넘어져서 까져도 울고,
바빠서 놀 시간이 없어도 울고,
어디서 혼쭐이 나도 울어.

네 번째 잔망루피는 심술쟁이야.
멋쟁이들을 부러워하느라 입만 삐죽거리고
정작 자기는 게으름을 부리지.

이 모든 잔망루피들을…
어쩌면 좋을까?

솔직히 한때는 모조리 없애고 싶기도 했어.
하지만 이젠 없애면 안 된다는 생각이 들어.

겁 많고 눈물 많고 심술 많은 잔망루피도
전부 나니까.

아웅다웅하다 보면 언젠가는 함께 웃을 수 있을 거야.

혼자 있고 싶은데 혼자 있기 싫어

살다 보면 이상한 날이 있어.

혼자는 버거운데

그렇다고 사람들 속에 섞이고 싶지도 않은 날.

웃기도 싫고 울기는 더 싫은 날.

외로움과 고독함 사이 어느 한 점에서 길을 잃은 날.

하지만 헤매는 날들이
삶을 모험으로 만들어주는 거 아니겠어?
지금의 갈팡질팡 또한
소중한 순간이라 날 토닥여줄 수밖에.

숨죽여 기다리면 달이 지고 해가 뜨고 다시 힘이 날 거야.
억지로 용기 내지 말고,
공연히 나를 탓하지도 말고 잠시 기다리자.

우리는 용기가 필요할 때와
시간이 필요한 아주 많은 순간을 착각하며 살아가는지도 몰라.
내일의 내가 보면 웃어넘길 순간에 너무 기운 빼지 말자.
오늘 하루를 멈춰서 잃는 건 오늘 하루뿐이잖아?

오늘부터 행복을 스포일러하겠어

사실 난 스포일러를 정말 싫어해.
스포일러하는 사람의 짓궂은 마음도 싫지만,
미리 알고 보면 흥미진진한 이야기도 금세 시시해지잖아.
내가 결말을 찾아가는 게 아니라
결말이 나를 쫓아오게 되잖아.

그런데 어느 날 문득!
좋은 생각이 떠올랐어.

내가 만들어가는 최고의 스토리는 결국 내 인생 아니겠어?

그렇다면 나는!
결말을 해피엔딩으로 정해놓고 마음껏 스포일러하겠어.

'어차피 행복해질 잔망루피!'
'결국엔 다 이겨낼 잔망루피!'
'마지막에 우뚝 설 잔망루피!'

이러면 내가 행복을 찾지 않아도
행복이 언제나 나를 따라오겠지?

미리 정해진 행복의 길을 걷는다고 생각하면,
가끔 힘들 때도 안심이 될 거야.

"나만
행복하게 해주세요.
오직 나만.
Only me,
Just me."

성격은 못 바꿔도 생각은 바꿀 수 있어

나는 항상 동글동글한 마음을 가지고 싶었어.
내 마음에 돋은 가시들이 남들을 자꾸 찌를 때마다,
나도 함께 찔리는 것처럼 아팠거든.

더 씩씩하고,
더 착하고,
더 멋진 내가 될 수 있다면 얼마나 좋을까?

왜 지금 당장은 훌륭해지지 못할까?
매일 내 머리에 꿀밤을 콩콩 먹이며 자책하던 시절도 있었지.

그러다가 나쁜 성격 자체가 나쁜 건 아니라는 걸 깨달았어.
사람들의 착한 면은 비슷비슷하지만,
나쁜 면들은 무척이나 개인적이라는 것도.

어쩌면 우린 서로가 어떻게 착한지보다
어떻게 나쁜지로 타인을 식별하는 중일지도 몰라.

그렇게 생각하니
갑자기 나쁜 내 모습도 약간은 즐거워지는 게 아니겠어?

나의 소심하고 바보 같은 면들이
나라는 비버의 암호처럼 느껴졌어.

역시 성격을 바꾸는 것보다는
생각을 바꾸는 게 쉬운 것 같지?

그리고 되도록 쉬운 길을 택하는 결정도
비겁하지만은 않은 것 같지?

매일매일 인생네컷

정말 눈 코 뜰 새 없이 바쁜 요즘이야.
일 년이 반년 같고,
반년이 한 달 같고,
한 달은 일주일 같아.
바쁘다는 건 살아 있다는 증거지만,
왜인지 가끔은
내가 몽당연필이 되어가는 건 아닐까 걱정스러워.

흐르는 시간을 이기는 단 하나의 방법은 '기록'이야.
날마다 일기를 쓴다면 참 좋겠지?
하지만 그럴 수 없다면, 매일매일 인생네컷을 찍는 건 어떨까?

ZANMANG STUDIO

준비물은 스마트폰 딱 하나야!
푸른 하늘도 좋고,
길에서 마주친 반가운 고양이도 좋고,
셀카, 점심밥, 노을샷….
무엇이라도 좋아.

소중한 내 시간들에
책갈피를 남길 수 있는 거라면 말이야.

반복되는 일상이
흑백의 크로키처럼 밋밋해 보일 때 사진첩을 보면
지친 마음 위로 형형색색의 색깔들이 다시 번져나갈 거야.

사람들은 어차피 나를 잘 몰라

당연한 거 아닐까?

나도 모르는 날 대체 누가 알 수 있겠어.

그러니 휩쓸리지 말고,
휩쓸리더라도 물 위를 둥둥 떠가는
해파리의 여정이라 생각하자.

둥둥 떠다니다 보면,
언젠가는 생각지도 못한 멋진 삶에 닿게 될 테니까!

"셋 세면 동시에 사과하는 거야.
알겠지? 하나, 둘, 셋!"

"난 지금
우리 둘 다에게 실망했어."

· 2 ·
싸워도 돼,
내일 다시 만난다면

먼 나랑 이웃 너랑

옛말에 먼 친척보다 가까운 친구가 낫다는 말이 있어.

먼 친척은 안 되지만,
가까운 친구는
기회 봐서 한 대 칠 수 있으니까 그런 것 같아.

하지만 만약에 다른 사람이 널 친다면
그때는 꿀밤으로 끝나지 않을 거야.

그 사람은 내 돌주먹 때문에
지옥의 밤을 보내게 될 거야.

왜냐면…
널 칠 수 있는 건…
나뿐이니까….

슈퍼스타 내 친구

약속

이건 절대 뽀로로에게 말하지 않기.

뽀로로에게 말하지 않을 사람만 이 글 읽기.

사실 예전에 뽀로로가 처음 데뷔하고 인기 스타가 되었을 때,
나는 그게 너무너무 부러웠어.
진심으로 축하하면서도
집에 가선 내 처지가 초라해 조금 울었어.

눈물 묻은 축하가 진심이 아닌 것 같아서,
울고 있는 내 자신이 의심돼 더더욱 미웠지.

나도 이렇게 멋진데!
뽀로로만큼 착하고 귀여운데!
사람들은 왜 뽀로로만 좋아할까?
내가 실은 뽀로로보다 못났기 때문일까?
머리칼이 빠지도록 고민도 했어.
(앗, 그래서 두 가닥만 남은 건 절대 아니야!)

그래도 고민의 시간이 지난 후로는 평범하게 잘 살았어.
학교 다니고, 공부하고, 책 읽고.
어른들한테 인사 잘하고 화분에 물도 주면서
즐거운 나날을 보냈지.

그런데 이게 웬걸?
나는 아무것도 안 하고 시간이 흘렀을 뿐인데
이제는 사람들이 먼저 날 찾고 좋아해주더라고.

그때 난 모든 일엔 다 때가 있단 말을 실감했어.
친구의 성공이 결코 내 실패의 증거가 아니라는 것도.
뽀로로에게 서툰 진심이나마 전하려고 애썼던 내가
꽤 대견하단 생각이 들기도 했어.

타임머신을 타고 그때로 돌아간다면,
뽀로로에게 더 많은 축하를 보내고 싶어.

그리고 나에게도
낙심할 거 없다고,
언젠가는 너만의 스포트라이트를 받는 때가
온다는 말도 살짝 해줄래.

네 마음만 있냐? 내 마음도 있다!

어릴 때는 왜 그리 친구들과 다퉜을까?
의젓해진 지금은 상상도 못할 일인데 말이야.

나 어렸을 적 치트키는 이거였어.

"네 마음만 있냐?
 내 마음도 있다!"

어떤 다툼이든 누군가가 꼭
"내 마음이야!"라는 말을 뱉는 타이밍이 오는데,
그럼 상대방은 홀린 듯이 저 대답을 하게 되어 있어.

내 마음도 있고, 네 마음도 있고.
우리 둘 마음이 똑같이 소중하고 속상하고.
그러니까 사이좋게 지냈으면 되는 건데
그땐 내 마음도 생각도 아기였나 봐.

역시 후회는 아무리 빨라도 늦어.
하지만 나는 늦게 온 후회에 올라타서 제일 빠른 미래로 갈래.

그래서 오늘부터는
"내 마음만 있냐? 네 마음도 있잖아!"라고 말할 생각이야.

내 마음만큼 네 마음도 소중하니까,
네 마음도 내 마음처럼 행복하면 좋겠어.

"미⋯
　미안해⋯."

"겠냐?!"

널 만난 게 행운인 이유

친구야!

미운 말을 할 때는
네 입을 막아버리고 싶다가도
그래도 그 입 없으면
배달앱 최소 주문 금액은 누구랑 채우나 싶다.

나 혼자 다 퍼 먹으면 되지!
2인분 시켜서 내일까지 먹으면 되지!

말은 쉽지만…
너도 알잖니?

그렇게 먹으면 맛이 없는걸.

늘 하던 대로 우리 같이
엽기맛 떡볶이에 허니 치킨 시켜서
수다까지 떨어야 그 맛이 나는걸~

이런 게 바로 소울메이트

우리 어제 같이 다이어트하기로 약속하고
저녁 굶고 집 갔잖아.

그런데… 나 사실 집 가자마자…
김치찌개에 밥 두 그릇 말아 먹었어….

밥 두 그릇 먹고도 너무 허기져서
하마터면 냉장고 문짝까지 뜯어먹을 뻔했어….

다음 날 양심에 찔려서 털어놨더니,
네가 깜짝 놀라며 하는 말.

"괜찮아~
나는 김치찌개에 밥 세 그릇 먹었어~
후식으로 아이스크림까지 야무지게 챙겨 먹음."

어쩜 우린 몰래 먹은 메뉴까지 똑같을까?

가끔 너는 정말 나보다도 나 같아!
우리는 똑같은 둘이 아니라,
둘로 쪼개진 하나일지도 몰라!

너 때문에 나 어쩌냐

손o1 두7H인 ⓘ유를 oｒㄴi…¿

㉠ｒㄴㅏ로는 ㅈㅏ기를 쟙고…
ㅎｒㄴㅏ로는 ㉢ㅏ른 사람을 쟙기 우1 ㅎH ㅅㅓ ㄹh°

그런데 ㄴh 손은 ㅎ ㅏ ㄴr밖에 없어°

왜냐면… ㄴH 두 손은 oㅣ미…
ㄴ ㅓ를 깍 ㉠㉠ㅕ 안고

놓을 생각oㅣ 없.거.든.ㅋ

어쩌냐...
오늘도 내 심장은 너라고 말하는데...

싸워도 돼, 내일 다시 만난다면

너와 싸운 날은 정말 싫어!
집에 혼자 가야 하거든.
다른 애들은 다 짝꿍이랑 둘인데
너 때문에 난 혼자 가야 하잖아?

잘못한 건 넌데
외톨이가 되는 건 왜 나니?
그러니까 내일은 꼭 사과해.

솔직히 나도 가끔은
억지로 사과하는 거야.
너 혼자 집 보내면 외로울 거 같아서.
그러니까 내일은 꼭 은혜 갚아라…!

"혼자여도… 괜찮아…. 난 얼은이니까…!"

·3·
좀 외로워도
괜찮잖아?

내 속엔 네가 너무도 많아

나 요즘 고민이 있어.

내 속에 네가 너무도 많아서
잔망루피의 쉴 곳이 없거든.

너만 괜찮다면,
네가 평생 내 맘속에서 살고 싶은 거라면…

500에 45로 해줄 수 있어.

관리비 10에 수도, 가스, 전기 별도.
1층 같은 반지층에 집주인은 탑층 거주.

전에 살던 사람도 잘돼서 나갔고
도배랑 장판도 새로 다시 싹 해놓은 상태야.

첫 입주나 마찬가지에, 별 말 없음 1년마다 묵시적 갱신.

명심해.
이런 매물 또 없으니까.
현명한 결정 기다릴게.

사랑 곱하기 사랑의 답은
사랑이 아니다

사랑 곱하기 사랑의 답이 뭔 줄 아니?

정답은…

'계산할 수 없다'야.

사랑은 사칙연산이 아니라
반칙이자 변칙이거든.

시작은
기차같이
칙칙폭폭….

끝은
한없이
칙칙할 뿐….

친구야, 근데 내가 지금 한 말들
어디 가서 떠벌리진 말아줘.

특히 래퍼들한테 제보하거나
SNS에 잔망루피가 작사도 잘할 것 같다거나
그런 말 제발 쓰지 말아줘. 부탁할게.

제발 제발!

제발 제발 제발!

제발 제발 제발 제발!

이렇게 부탁할게.

#힙합대통령 #힙합꿈나무

#힙스터 #인플룻언서 #캐스팅

#MC룑 #래퍼 #재주꾼 #오디션 #연습생

너의 행복을 빌어줄 거야

너와 이별하던 그날 밤….

매일 밤 신께
네 행복을 빌겠다고 약속했잖아….

뻥이야.

사실은 네가 와서 빌어야
내가 행복하겠다고 말했어.

나쁜 마음을 먹어선지 너는 오지 않고…
매일 밤 내 방 창문 앞 가로등에
하루살이떼의 파티만 벌어질 뿐이야.

하루 사는 애들도 저리 열정적인데
백배천배 오래 산 나는 대체 뭔지.

그렇지만 이 무기력이 당연할지도 몰라.
오래 살았다는 건 오래 견뎠다는 말이기도 하니까.

사랑이 죽었고 범인은 없다

내 이름은 잔망루피.
핑크 비버 탐정이죠.

명탐정 잔-�丑

사건
해결

100%
보장

여러분들은 아마 사소한 면에 끌려
서로를 사랑하게 되었을 거예요.

하지만 언제부턴가
서로를 연인으로 만들어주었던 그 점이
마음을 거슬리게 만들었겠죠.

하지만 여러분!
사랑의 명탐정 잔망루피는 알고 있습니다.

사건의 전말은 이렇습니다.

여러분들은 모르시겠지만
사랑은 본래 분말형이에요.

그래서 여러분이 즐겁게 하하호호 웃을 때,
서로를 바라보고 싸우며 콧방귀를 뿡뿡 뀔 때마다
조금씩 조금씩 날아가 공기 중으로 사라지는 것이죠!

이렇게 증거 없는 도난 사고가 발생합니다.

그래서 봄철의 연인들은
재채기를 많이 하며 서로를 떠나가요.
죄 없는 꽃가루에게 누명을 씌우며 말이에요.

따라서,
이별의 다른 말은…
완전범죄인 것이죠!

"봄이… 좋냐?"

너무 추운 날에는
마음에도 오류가 생긴다

내일이 영하 15도일 거라는 일기 예보를 봤어.

데이트를 취소하는 게 나을지,
나가는 게 좋을지 잠시 고민했어.

영하 5도 때도 우린 크게 싸웠으니까.

내가 너무 추위 보여서 열 받게 해줬다는
말 같잖은 소릴 하는 너에게
정말로 치가 떨려 몸이 따뜻해졌어.

결국 네 말이 맞아서 더 짜증났어.

춥거나 더울 때마다 오류를 보이는 너지만
자기 애인 얼어 죽게 할 일은 없을 테니
그건 나름대로 꽤나 멋진 일이야.

좀 외로워도 괜찮잖아?

친구들이 모두 애인을 만나러 떠난 날.

혼자 집에서 재미없는 TV를 보며
외로움이란 뭘까 생각했어.

외로움은 내가 배달 음식을 시키도록 해.
외로움은 내가 더 예쁜 옷을 원하도록 해.
외로움은 내가 밖에 나가 거리를 헤매도록 만들고,
내 소중한 것들을 쓸모없는 화려함과 바꾸게 만들어.

그렇다면…
외로움은…

불량배 아닐까?

하기 싫고,

가기 싫고,

사기 싫은 나를

억지로 조종하잖아.

내일부턴 용감하게 말해보는 거야.

좀 외로우면 어떠냐고.

외로움이 말을 걸 때마다

네가 내 곁에 있어도 상관없다고 꾸짖어보도록 해!

널 닮은 별

너 닮은 저 별은…
이별.

가까이서 볼수록
울퉁불퉁 못생겼단 것까지
너라는 사람과 닮아버렸다.

같이 걷던 골목길을 나 홀로 거니는 밤.
가로등 하나 없는 길을 비춰주는 저 별이…

후
지
다.

깜깜한 게 나으니
눈앞에서 사라졌음 좋겠다.

출구는 저쪽이니 내 인생에서 나가

좋은 게 좋은 거란 식으로 참다 보면
언젠가는 정말 좋아질 줄 알았어.
하지만 각박한 현대 사회에 그런 건 없었어.
싫은 게 계속해서 싫어질 뿐이지!

더 싫어지기 전에
내 인생에서 나.가.줄.래?

발로 뻥 차버리기 전에 네 발로 걸어가라!

"그거 아니?
우린 눈에서 멀어져야 마음으로 가까워져."

· 4 ·
사랑해요,
존경해요,
그치만 못 참겠어!

아직 그런 건 못해요

방바닥에 누워 귀여운 척 셀카 찍던 중,
엄마가 나타나 호통을 치는 바람에
갑자기 눈물 셀카가 되었습니다.

엄마는 저더러 정신 차리라고 했지만
나는 내 밥상 차리게 된 지도
얼마 안 되었기 때문에
정신 같은 고급 음식은 차리지 못합니다.

가끔 보니까 매일 좋아요

누군가와 사이좋게 지내는 꿀팁은
오히려 조금 멀어지는 거야.

비버관계라는 게 인간관계랑 똑같더라구.
너무 가까이 닿으면
닿은 부위부터 썩어버리더라.

보고 싶은 마음에 슬플 때도 있지만,
안 보고 있음에 다행일 때가 더 많은 것 같아!

사랑해요, 존경해요, 그치만 못 참겠어!

사랑해요.

존경해요.

당신처럼 좋은 사람

이 세상에 또 없을걸.

그치만 못 참겠고
우리는 안 맞아요.

말 잘 듣겠다고도 안 했어요…!

한 번 태어난 인생,
효도 길 말고 나의 길 걸을래요.

나라면 내가 자랑스러울까

가끔은 이런 생각이 들어.

엄마, 아빠는 내가 자랑스러울까?

답은 모르겠지만
솔직히 상관은 없어.

엄마랑 아빠는 나 말고
엄마, 아빠를 자랑스러워했음 좋겠어.

나도 나를 1등으로 자랑스러워할 테니까!

자식 노릇은 처음이라

엄마, 아빠도 부모 역할이
처음인 거 알아요.
하지만 나도 잔망루피로 사는 삶이 처음이에요.

처음과 처음이 만나
익숙해지는 과정을 인연이라고 부르는 거니까
우리 가족 앞으로도 이렇게 오순도순 살기로 해요.

그런데 나 건의사항이 있어요.

어버이날은 죽을 때까지 유효한데
어린이날은 열세 살 이후로 민망해지잖아요.

잔망루피도 자식 노릇이 처음인데
불공평한 것 같아요.

내년부턴 나도 5월 5일에 선물 주세요.
꼭이요!

톡으로 하는 효도는 0원입니다

길을 다닐 때, 지하철을 탈 때,
은행에 들를 때, 카페에 앉아 있을 때,
순식간에 공짜 와이파이를 겟할 때가 있어.
그럼 얼른 휴대폰을 들고
부모님한테 사랑한단 톡을 보내곤 해.

공짜 전파를 통해 전달되는 100만불짜리 사랑….
너무 특별하지 않니?

톡으로 하는 효도는 0원이니까
오늘부터 휴대폰 상태창을 잘 보고 있도록 해!

갑자기 세 칸이 뜨면 창피해 말고
'사랑해요' 한마디를 건네보는 거야!

늙지 마, 작아지지 마, 기죽지 마

내가 클수록 부모님이 작아진단 말,
이 말은 진짜인 것 같아.

어느 날 문득 두 분의 뒷모습을 보는데
둥그런 핑크빛 어깨가 어찌나 조그맣게 보이던지!

엄마는 엄마가 작아진 게 아니라
내가 살찐 거라고 했는데,
슬픔을 숨기려는 농담이 너무 올드한 것조차도 슬펐어⋯.

세월에는 장사가 없다지만
제발 늙지 말고, 작아지지 말고, 기죽지 말기를.
부모님이 언제나 날 이기면서
오래오래 건강하시기를.

화분 하나 키우는 것도 이렇게 힘든데

얼마 전에 애지중지 키우던 다육이가 죽었어.
너무 슬퍼서 하루 종일 시무룩했어.

사랑으로 키우고 정성으로 돌봐도
잘 자라지 않을 수 있구나 깨달았어.

그러다 문득 부모님 얼굴이 스쳐갔어….

2개월 키운 다육이가 잘못되어도 이렇게 슬픈데,
부모님은…
얼마나 슬플까…?

하지만 괜찮아!
끝날 때까지 끝난 게 아니니까!
다육이는 죽었지만 나는 아직 살아 있으니까!

이렇게 계속 자라다 보면,
언젠간 부모님한테 보람을 줄 수 있을 거야!

PART 2

제가 다
생각이 있습니다

"음~ 딜리셔스~"

이건
미슐랭 쓰리 스타야

이건 미슐랭 쓰리 스타야

이번 생일에 먹은 오마카세.
완전 미슐랭 쓰리 스타였어.

미슐랭 맛집에 가본 적 있냐고?

당연히 없지.

그러니까 나한텐

여기가 쓰리 스타인 거지!

우리 몸 중 가장 간사한 것은
혓바닥일 거야

이유 없이 기분이 울적한 날이 있어.

세상에 나 혼자뿐인 것 같고…
나 말고는 모두 행복한 것 같고…
나보다 외로운 비버는 하나도 없을 것만 같고….

하지만 그런 기분은 운명의 장난이 아니라
혓바닥의 장난일 때가 많아.
배달 음식 한입이면 갑자기 잃어버렸던 세상이 돌아오거든.

우리 몸에서 가장 간사한 건 아마도 혓바닥일 거야.

개는 말도 하고 맛도 보고
좋은 건 자기가 다 하려고 하니까!

좀 찌면 어때, 커져도 난 나야

겨울잠 잔 적도 없는데
털 찌고 살찌고 자신감만 빠져버렸네.

그치만 뭐 어때?
내가 좋아하는 큰 풍선을 닮아가니
이것도 나쁘지 않지!

커져도 나는 나!
왕 크니까 귀여움은 두 배!
모서리가 없어져서 더 좋은 그냥 나!

위장에도 유통기한이 있다

어릴 때 짜장면을 너무 좋아해서
별명이 짜장루피이던 시절이 있었어.
그땐 삼시세끼 짜장면을 먹어도 속이 좋았어.
지금은 하루 종일 울렁거릴 각오하고 반 그릇을 겨우 먹어.

어릴 때 짜장면 같은 거 많이 먹어둬.

좀 더 크면 유통기한 다 된 위장으로

그 시절 짜장의 추억을 가지고 근근이 살아가야 하니까….

먹이를 주지 마세요

보통 행복은 눈에 보이지 않는다고들 하잖아?

난 아닌 것 같아.
눈에 너무 잘 보여.

심지어 행복은 체중계로 잴 수도 있거든.

요즘 난 더없이 행복한 나머지
인생 최고 무게와 부피를 달성한 비버가 됐어.

행복이 과하면 결국 근심이 된다니.

삶이란…
정말 절묘하지?

먹었으면 치우자

비버 마음 참 간사하지.
먹는 건 좋아도 치우는 건 싫거든.
치우는 것까진 괜찮아도 설거지는 진짜 아니거든.

그럴 땐…
출근을 생각해봐….

치우는 것도 설거지도,
그 무엇도 출근보단 낫잖아!

설탕의 다른 말은 눈물 지우개

힘들 땐 세 가지 중 하나야.
케이크를 먹거나,
마카롱을 먹거나,

둘 다 먹거나.

어쨌든 눈물은 설탕으로 지운다는 거 잊지 마.

"노는 건 내가 할게. 소문은 누가 낼래?"

· 2 ·

어떻게 하면
잘 놀았다고
소문이 날까

24시간이 모자라

내가 절대로 이해하지 못하는 게 뭔지 알아?
바로 '심심하다'는 말이야.
찬찬히 주위를 둘러봐~

볼 것, 말할 것, 먹을 것, 해볼 것들이 얼마나 많은데.

그 모든 걸 다 해도 세상은 늘 새로움으로 가득하잖아!

오늘 할 일

- ☐ 끝장나게 먹기
- ☐ 본새나게 놀기
- ☐ 작살나게 자기

만약에 그래도 심심한 사람이 있다면,
그 시간 잘 모아서 잔망루피한테 주길 바라.

나는 언제나 24시간이 모자라니까 말이야!

취미에는 점수를 매기지 않는다

뭔가를 오래오래 재밌게 하는 비법을 알아냈어.
그건 바로…

채점을 하지 않는 거야.

내가 잘하는지 못하는지는 물론,
옆 사람은 어떻게 하고 있는지도 생각하지 마.

중요한 건
이 시간에 열심히 한다는 거니까!

그리고 '못하는 사람'이 있어야
'잘 가르치는 사람'의 재능도 빛날 수 있다고.
못하는 사람조차 각자의 귀중한 쓰임이 있는걸!

그렇게 따지면
우리 모두 결국 100점이 아닐까?

노는 게 제일 좋아 친구들 모여라

뽀로로가 부른 이 노래,
모르는 사람 없지?

내가 생각해봤는데…
우리나라 친구들이 너무 공부만 열심히 하니까,
학교에서도 서로의 뒤통수밖에 못 보니까,
신나게 살자고 만든 거 아닐까?

그래서 직장인들도 저 노래를 좋아하나 봐.
일만 열심히 하느라 유튜브밖에 못 보니까….

방바닥 모드를 시작합니다

한 달에 한 번쯤은 방바닥 모드가 필요해.
모든 것을 내려놓고 찹찹한 바닥에 붙어서
무아지경에 빠져보는 거야.

방바닥이 되어 가만히 쉬어보면
신기하게도 다시 바닥을 딛고 일어설 힘이 나거든.

주의할 점은 누울 곳이 더러우면 안 된다는 거야.
바닥이 되기 위해 바닥을 청소해야 하다니….

세상살이, 참 쉽지 않아!

어떻게 하면 잘 놀았다고 소문이 날까?

잘 놀았다고 소문내기 첫 번째.

일단 예쁜 옷 입고 나가.
친구들 만나.
그런 날 찍어.
SNS에 올려.

그럼 소문은 알아서 나 있어.

난 인기스타 잔망루피니까.

150

몸 바쳐 놀면 몸이 아프고,
돈 바쳐 놀면 지갑이 아프고

어릴 땐 3천 원만 있어도
하루 종일 밖에서 뛰놀 수 있었는데,
이젠 3만 원으로 두 시간도 못 놀아.

체력도 없고 돈도 없어.

이건 너무 불공평해.
둘 중 하나라도 있어야 하지 않겠니?!

일도 공부도 놀아본 녀석이 잘한다

우리 할머니의 명언이야!
내가 받아쓰기 0점 받고 울 때마다 해주신 말이지.

근데 어른 말씀도 가끔씩은 틀리나 봐.
맨날 노니까 노는 것만 잘하고
일과 공부는 안 느는 거 있지?

그래도 괜찮아.

세 개 중 하나라도 잘하는 게 어디야?

나는 33.3% 농도의 퍼펙트 비버야!

"일단 놀고
시작한다."

산타 할아버지도
크리스마스 아닐 때는 논다

우리나라 사람들은 참 이상해.
노는 걸 제일 좋아하면서
노는 데 엄청 죄책감을 가져.

너무 노는 것 같아서 양심에 찔릴 땐
산타 할아버지를 생각해봐.

그 할아버지는 1년에 하루밖에 일을 안 하는데도
세상에서 제일 인기가 많아.

그러니까 친구들아,

좀 더 당당하게 놀자!

우리는 5일 내내 일하고 고작 이틀 놀잖아!

"이걸… 제가 다 썼다구요…?"

삐빅!
잔액이
부족합니다

미쳤어 이건 꼭 사야 해

백화점에 가면
내 마음에 쏙 드는 옷들이
나한테 인사를 하곤 해.

"안녕 잔망루피!"
하는데 어떻게 무시하겠어?

"그래 살게!"
할 수밖에 없는 거지.

나나 옷 중 하나는 안 귀여워야 하는데
둘 다 귀엽잖아.
그러니까 귀여운 애들끼리
같이 놀 수밖에 없는 거지!

삐빅! 잔액이 부족합니다

나 잔망루피, 아직 부족한 게 참 많은 비버야.

참을성도 부족하고
이해심도 부족하고
현명함도, 암기력도, 강인함도 부족하지.

하지만 그중에서도 제일 부족한 건 잔액이야.

계산대 앞에서 잔액 부족이 뜰 때마다
날 바라보는 점원의 거친 생각과 불안한 눈빛은
정말 견디기 힘들어….

그래도 빈 통장을 생각하면 다시 일할 맛이 나기도 해.

어떻게든 채워서,
못 사고 두고 온 우리 애!
다시 찾아와야 할 거 아니야…!

이거 조금 아낀다고 내가 행복할까?

요즘 물가 오르는 속도가 장난이 아니야.
너무 장난이 아니라서 오히려 장난 같을 정도야.
절약의 속도가 상승의 속도를 이기지 못한다고나 할까?
그래서인지 우리 집 가계부에도 큰일이 나고 있어.

자꾸만 내 안의 악마루피가

"이거… 이거 조금 아낀다고…
미래의 내가 좋아할까?"

속삭이는 거지.

천사루피는 집을 지켜야 하기 때문에
쇼핑 갈 때 같이 갈 수가 없거든.
그래서 나는 악마루피를 이길 수가 없어.

나의 은밀한 취미에는
큰 옷장이 필요해

대한민국 부자의 3대 취미를 아니?

첫째는 독서.

둘째는 패션.

셋째는 캠핑이야.

나도 집에 옷이 너무 많아서
방이 터지려고 하거든?

놀러오는 친구들마다
버릴 건 버리고 정리하라고 하지만,
그럴 수는 없지.

나는
멋에 살고 멋에 죽는
잔.망.루.피니까!

미니멀리스트가 되고 싶은
맥시멀리스트 비버

미니멀리즘이 처음 유행할 때,
나도 내가 그게 될 줄 알았어.
하지만 착각이었어.
무소유보다는 역시 풀소유가 쉽더라⋯.

하지만 유행은 돌고 도는 거니까
언젠가는 내 세상이 오겠지?
그때까지 누구보다 오래 버티겠어!

여기 0이 하나 잘못 붙은 것 같은데요

주말에 백화점에 갔다가 정말 깜짝 놀라고 말았어요.

0 하나만 떼면 딱 적당할 것 같은데….
그럼 나도 기분 좋게 살 수 있을 것만 같은데….

결국 빈손으로 돌아오고 말았죠.
좋은 물건들은 왜 이렇게 비싼지.

근데…

나도 좋은 비버인데
내 월급은 왜 이렇게 쌀까요?

"꽉 잡아. 난 브레이크가 없으니까."

· 4 ·
드디어
나의 시대가 왔다

행복은 멀리 있지 않아.
불행이 더 가까이 있을 뿐.

나도 할 수 있을 것 같은데

To. 성공한 사람들에게

더불어 사는 세상,
너무 특별한 방식으로 성공하진 말아주세요.

나 같은 인생 초심자도
얼마든지 따라 할 수 있게,

'나도 할 수 있을 거 같은데?'

용기 가질 수 있게,
대충대충 쉽게 성공해주세요.
부탁합니다.
제발요…!

-잔망루피 올림-

잔망일보

잔망루피 여차저차 성공 . . .

"나도 했으니 여러분도 성공할 수 있어"

드디어 나의 시대가 왔다

드디어 나의 시대가 왔다!

고 생각했는데,
그런 건 따로 없지 않을까 싶어.

잔망루피가 태어난 이후로
잔망루피 시대가 아닌 적이 없었잖아.

좋은 날과 싫은 날이 반복될 뿐
내 삶은 언제나 나의 시대야!

질 것 같은 싸움은 하지 않는다

승률 100%의
인생 비법을 알려드립니다.

질 것 같은 싸움을 절대 하지 않으면
이기기만 합니다!

살다 보면 고난이 다가오는데요.

그럴 때는 자존심이나 허세처럼
무거운 거 다 내려놓고
사이사이로 속속 힘든 것을 피해갑시다!

나쁘지 않으면 좋은 걸로 친다

나쁘지 않음.
어찌 보면 '보통'.

그치만 모든 게
탁월할 필요가 있을까?

모든 게 좋으면
실은 아무것도 좋지 않은 게 아닐까?

잔잔한 평균들이 있어야
폭죽 같은 다채로운 기쁨의 빛도 있는 법.

그러니 나쁘지 않은 것은
사실 좋다는 뜻일 거야!

360도 돌면 어차피 다 정상

월요일 아침.
출근해서 모닝커피 한 잔 때리고 있는데
지나가는 부장님이 하는 말.

"우리 룡 사원은 눈동자가 은은하게 돌아 있어~"

좋은 뜻인지, 나쁜 뜻인지는 몰라.

그치만 무슨 뜻이든 상관없어.
돌다 돌다 360도 돌면 어차피 정상이니까!

"네가 날
360도
바꿔놨어….."

사는 데 이유가 어디 있어

친구가 나보고

"잔망루피야 너는 왜 사니?"

물었어.
(욕인가?)

나야 모르지.

어쩌다 태어났는지도 모르는데,
왜 사는지를 어찌 알겠어?

매일 반복되는 아침은
햇님이 주는 선물일 거야

오늘도 새로운 하루가 밝았어.

반복되는 아침은
매일매일 받는 새로운 선물 같아.

하지만 진짜 선물이라면…
거절할 수도 있어야겠지?

내 의사와 상관없이 도착하는 거라면
선물이 아니라 스팸 아닐까…?

"왜요. 제가 못하는 데 뭐 보태준 거 있어요?"

· 5 ·
재능은 없는데
재미는 있네요

좀 늦으면 어때

늦었다는 생각이 들었을 때 말이야….

난 알아.
의심할 여지없이 진짜로 늦었다는 거.

늦었다고 생각할 때가

진짜 너무 늦었다

근데 좀 늦으면 어때?
서둘러 달리면 되지.

서두를 힘이 없으면 어때?
아예 쉬어가면 되지.

어떤 속도로 가든 시작하지 않는 것보다 낫다고~

매일매일 개학 첫날처럼

매일매일 개학 첫날의 상태로
회사에 다니고 싶어.

아무도 내 이름을 몰라서,
아무도 날 부르지 않던 그때….

점심도 안 먹고
출석만 부르고 집에 가던 그날처럼….

오늘은 안 해도 돼.
대신 내일은 꼭 하자!

오늘은 안 해도 돼.
대신 내일은 꼭 하자…!

오늘은 안 해도 돼….
대신… 내일은 꼭 하자…?

이 생각만으로

127361827368172일을 살았어.

그래도 뭐,

어떻게든 잘 살아지더라!

"오늘의
나는
내일의
내가
책임진다."

재능은 없는데 재미는 있네요

재능과 재미는 같은 재 씨니까
둘 중 하나만 있어도 괜찮은 것 같아.

그러니 재능 없다고 주눅들지 마.

재능 없는 분야에서 재미를 찾는 기술이야말로
세상에서 제일 값진 재능이니까!

못한다는 게
그만둬야 하는 이유는 아니야

나는 통통한 핑크 곰손을 가져서
못하는 게 참 많아.

그치만 못한다는 게 그만둬야 하는 이유는 아니야.
그리고 곰손에게도 잘하는 거 하나씩은 있어.

예를 들면…

못한다고 놀리는 사람 꿀밤 치기,
원래 핑크색이라 화나서 빨개진 주먹 안 들키기
같은 거 말이야~

즐기는 비버가 일류다

힘들 때 우는 건 삼류,
참는 건 이류,
웃는 건 일류래.

근데 내 생각엔…

힘들게 끓인 라면 뒤집어엎고
눈물을 참으면서 웃는 게
진짜 일류 같아.

나처럼….

포기는 시도해본 자에게 주어지는 특권이래.
너무 멋있는 말이야!

근데 난 특권 같은 거 갖고 싶지 않아.

내 사전에 포기란 없는,
성공하는 야망 비버가 될 거야!

잘하는 사람만 하라는 법이 어딨어

"잘하는 사람만 해야 한다"는 법이 있으면
우사인 볼트 빼고는 다 달리면 안 돼~
미국인 말고는 아무도 영어 못 써~
요리사 아니면 다 굶어 죽어~

그러니까, 그냥 하자!

자꾸 주춤하다간
인생 최대 업적이 '망설임'이 되고 말 거야!

PART 3

어쩌겠어 그래도
출근은 해야지

"준비된 체력이 모두 소진되어 오늘은 이만 쉽니다.
양해 부탁드려요."

·1·

오늘은
내 인생 영업을 쉽니다

이걸 제가요…?

가끔은 세상에 크게 소리쳐 묻고 싶다.

이걸 제가요?

왜 제가요?
또 제가요?
언제까지 제가요?

몰라, 어쩌라고, 알 게 뭐야

소설의 3요소는
주제, 구성, 문체.

사회생활의 3요소는

몰라,
어쩌라고,
알 게 뭐야.

오늘은 내 인생 영업을 쉽니다

오늘은 잔망루피의 인생을 쉽니다.

여권 없이 갈 수 있는 청정외국 꿈나라에 가서
15시간 동안 돌아오지 않으려 합니다.

로또 당첨이나 천재지변 아니면
저를 찾지 마세요.

매일매일 존재감을 뽐내느라 수고한 잔망루피,
오늘 하루는 없는 셈 쳐주세요.

나는 아마 전생에 거북이였을 거야

그러니까 이번 생엔 토끼고만 싶은 거지.

게으른 게 아니라 타버린 겁니다

있잖아, 잔망루피가 글쎄 번아웃이래!

아니, 번한 적이 없는데
어떻게 번아웃이란 말이야?
정말 이해가 안 되는 거 있지?

하지만 이 대사야말로
번아웃 비버들이 자주 쓰는 말이라는 거야.
너무 순식간에 불타버리면
자기도 모르는 사이에
재가 되기도 하나 봐!

피곤하다는데 무슨 이유가 필요해

사람들은 참 이상해요.
피곤하다고 하면 간밤에 뭘 했는지 물어요.
잠을 못 잤다고 하면 왜 못 잤는지 묻고,
바빴다고 하면 왜 바빴는지 물어요.

나는…

그냥… 피곤해요.

세포 하나하나,

안구 한쪽 한쪽,

그저 피곤하다는데 무슨 이유가 있겠어요.

때가 되면 배고프고

먹고 나면 배부른 것처럼

피곤해요, 피곤해요.

그뿐이에요.

계정을 비활성화 하시겠습니까?

사무실로 들어가서 출근 카드를 찍는 순간,
진짜 잔망루피는 비활성화 모드가 돼.
그때부턴 사회인의 가면을 쓴 가짜루피 모드 ON!이지.

왜냐고?

누추한 곳에 귀한 분을 데리고 갈 수는 없잖아!

별님은 알 거야, 내가 얼마나 피곤한지

사람들은 내가 타고나길 씩씩한 줄 알더라고.
하지만 이 풍진 세상에 그런 비버가 어디 있겠어?

나도 똑같아.
밤하늘을 바라보며
저게 별님일까, 내 눈물일까 하다가
아침이 되면 그냥 다시 웃는 거야~

"다 덤벼!
난 쓰러지지 않아!"

"잠깐만. 그렇다고 정말
한꺼번에 덤비진 말구…."

· 2 ·

나는 한 방에
쓰러지지만
또 다시 일어서지

집 나간 열정을 찾습니다

요즘은 정말 하기 싫어 죽겠어.
뭐든지 정말로 하기 싫어.

아침에 일어나기도 싫고,
회사에도 나가기 싫고,
친구도 만나기 싫어.

내가 이렇게 '싫어 머신'이 된 게 너무 이상할 지경이야.

찾습니다!

찾는것 : 잔망스러운 열정

잃어버린 장소와 시간 :
어딘지는 모르지만 순식간에

사례 열정을 가득 담은 윙크

마음 한구석이 횅하니 빈 걸 보니
아무래도 간밤에 열정이 가출을 한 것 같아.

유난 떨면서 찾으면 안 돌아올지도 모르니까
당분간은 푹 쉬면서 기다리려고.

열정아!
내 가슴이 너무 꽉 식어 얼음방이 되기 전에만 돌아오렴.
나도 빈 마음을 청소하면서 네 자리를 깨끗이 비워둘게…!

근데 너무 늦으면 자리가 아예 없어질 수도 있어…!

지구는 영웅이 지키고
나는 나를 지킨다

가끔 쇠똥구리 모드로 변하면

온 세상 고민거리를 데굴데굴 굴리게 돼.

지구촌만큼 커다란 고민거리를 떠안으려는 비버처럼.

하지만 지구를 지킬 사람들은 따로 있잖아.

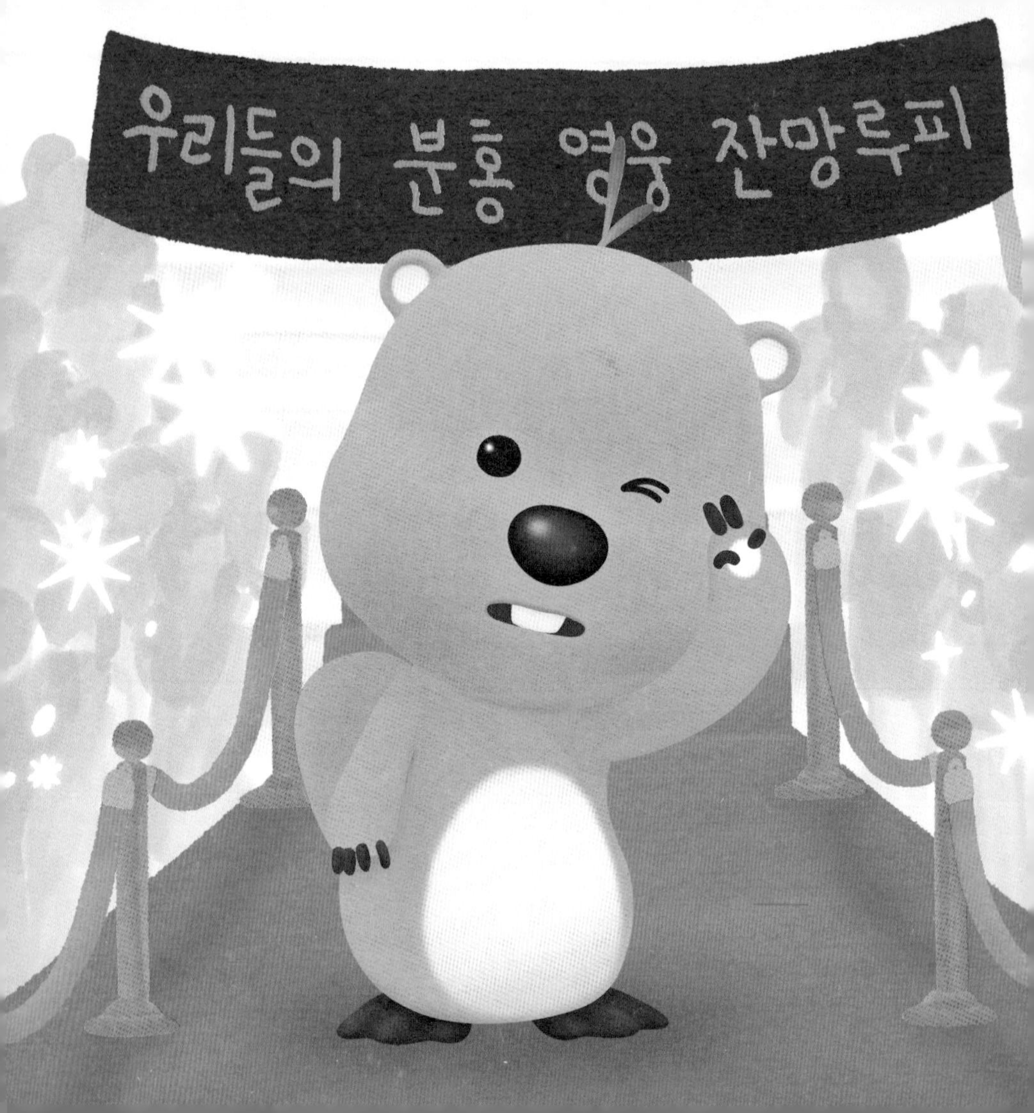
우리들의 분홍 영웅 잔망루피

나는 나 하나만 지켜도
내 세상의 영웅이니까,

한 품에 쏙- 들어오는 고민거리만 품고 살자!

내가 힘든 이유

나는 힘들 때마다
나만큼이나 잔망스러운 철학자 니체의 명언을 떠올리곤 해.

나를 죽이지 못하는 고통은
나를 더 강하게 만든다는 거.

이 세상은 대체…
나를 얼마나 강하게 키우려는 걸까?

이 정도 고통을 주는 거 보면
'알고 보니 내가 이 세계의 일짱?!'인 게 분명해!

잔망루피 지음

태어나보니
이 세계의 일짱이
되어버렸습니다

나는 한 방에 쓰러지지만
또 다시 일어서지

나는야 맷집 약한 비버.
세상일에 내성이 생기지 않아 매번 맘고생을 하지!
그치만 아주 조금씩은 강해지고 있어.

한방에 쓰러지는 걸 패배라고 할 수도 있겠지만
낙법 연습이라고 부를 수도 있지.

넘어진 횟수가 일어난 횟수와 같다는 것을 기억한다면 말야!

더 나아지려고 힘든 거야

'더 나아지려고 힘든 거야'라는 말.

머리로는 알겠는데
가슴이 받아들이지 않아.

그러니까…

됐고,
지금 당장 나아지게 해주세요!

주인공보다 중요한 것

어렸을 땐 내가 주인공이 아닌 순간마다 슬펐어.

사람들은 왜 나를 봐주지 않을까?
어째서 내가 제일 사랑스럽지 않을까?
어떻게 하면 다시 주인공이 될 수 있을까?

하지만 이제 난 그런 걸 바라지 않아.
빛나지 않아도 좋아.
주목받지 않아도 좋아.

그냥 부자가 되고 싶어.

"로또 1등 그거 어떻게 하는 건데."

하늘을 우러러
한 점 부끄럼 없이 실수하자

나는 실수에 있어선 꽤나 화끈해.

작은 실수보다는 큰 실수를 즐긴달까?

작은 실수는 금방 잊혀서 교훈이 없거든.

그래서 계속 반복되고,

결국은 안타까운 큰 실수가 되지.

하지만 큰 실수는 달라.

한마디 변명조차 나오지 않는 치명적인 실수는

일생일대의 교훈을 주고,

다시는 같은 수렁에 날 빠트리지 않아!

그러니까 큰 실수를 저질렀대도
너무 팔짝 뛰지는 마.

어쩌면 미래의 어떤 대망신을 예방할 기회일지도 몰라!

참고로 나는 오늘 벌써
3실수 2들킴~

"제가… 보이시나요…?"

·3·
아무렁게나
부르십시오,
더 좋은 건
부르지 않는 겁니다

일어나, 돈 벌러 가야지

요즘은 예의 있고 정중하게 도착하는 메시지가
더 무서운 것 같아.

[잔망루피 고객님, 명세서가 도착했습니다.]
[잔망루피 님, 이번 달 정기 결제가 시작되었습니다.]
[ZANMANG LOOPY 님, 6월 청구액은 51,000원입니다.]

이걸 다 한마디로 줄이면 뭐겠어?

"일어나….

돈 벌러 가야지…."

시간이 많으면 돈이 없고
돈이 많을 땐 아예 없고

옛말에 시간은 금이라고 했습니다.

그래선지 시간이 많으면 돈이 없고,
돈이 (조금이라도) 많을 땐 시간이 없어지곤 했죠.

저는 늘 묘하게 균형이 안 맞는 상황에
짜증을 내곤 했지만
지금은 그때가 그나마 좋았다는 걸 압니다.

요즘은 시간도 돈도 없기 때문입니다.

아무것도 없기에
무엇을 아껴야 할지 감이 안 오는 나날이
또 하루 흘러갑니다.

아무렇게나 부르십시오,
더 좋은 건 부르지 않는 겁니다

회사 사람들은 나를 참 다양하게 부릅니다.

"잔망루피 씨!"
"룹 씨!"
"잔망 님!"
"막내야~!"
"LOOPY 님~!"

등등….

하지만 뭐가 됐든 상관없습니다.
어차피 노비명이니까요.

조선시대 때의
개똥이,
끝순이,
돌쇠…
이런 거나 다름없으니까요.

금융실명제에 입각한
예금주명과 계좌번호만 딱딱 맞으면
그 외의 것들은 아무래도 상관없어요.

알겠다고요, 지금 한다고요

'장'님 들은 참 이상하다.

과장님, 차장님, 부장님, 사장님들은
꼭~ 일하기 직전에 나타나서 눈썹과 인중을 씰룩거린다.

알겠다고요,
지금 한다고요.
저리 좀 가라고요…!

오늘도 모니터 사생활 필름을 알아보다가
너무 비싸서 사생활을 포기해버렸다.

빨리 성공해서 이 바닥 뜨든가 해야지.

에휴!

"진짜
하기 싫은데
어떡하지?"

우리는 모두 MZ세대

M 몰라요.
Z 졸려요.

M 먹어요.
Z 찍어요.

M 망한 것 같지만,
Z 잘 살아봐요.

다시 태어난다면
돌멩이가 되고 싶어

나 잔망루피.
다시 태어나면 꼭 돌멩루피가 되고 싶어.

아무것도 안 하고,
아무 일도 안 하고,
노력이나 자격 없이
존재하는 것만으로 쓰임을 다하는.

남의 발에 채이고 칼바람에 깎여도
동글동글 단단하게 살아가는 그런 돌멩이가….

아침에는 세 명의 잔망루피가 출근을 한다

아침에는 세 명의 잔망루피가 출근을 한다.

첫 번째는 아직 자고 있는 잔망루피.
이 아이는 국적이 꿈나라이기에,
거의 외국인이라고 봐야 한다….

두 번째는 눈치코치 잔망루피.
붐비는 지하철 속에서 궁둥이를 씰룩대며
두리번거리는 사람을 매의 눈으로 쫓는다.

앞사람이 내리지 않으면
실망하지 않은 척, 기대하지 않았던 척
스마트폰을 드는 솜씨가 일품이다.

세 번째는 넵넵 하고 대답 잘하는 잔망루피.

누가 뭐라든 넵넵 두 글자로

비버사 희로애락의 묘한 스펙트럼을 표현한다.

잔망루피가 힘든 이유는

이렇게 세 명이서 한 명분의 월급을 받기 때문이겠지….

요정님~!
장난치지 말고 제 월급 돌려주세요!

옛날옛날에 장난꾸러기 곳간 요정이 살았습니다.

곳간 요정은 남의 집에 몰래 얹혀 살다가
집주인이 잠들면 지갑을 조금씩 털어가곤 했습니다.

내 방엔 아직도 곳간 요정이 남아 있는 걸까요?
그게 아니라면…

일주일 전에 받은 월급이 다 어디로 갔을까요?

"귀엽다고 말할 때까지 숨 안 쉬는 거야!
물론 난 숨 쉬는 거고!"

· 4 ·
귀여운
내가
참는다

오는 사람이 고와야
가는 잔망루피가 곱다

어떤 사람은 내가 예쁘대.
어떤 사람은 내가 못났대.

별로 기분 나쁘진 않아!

내가 먼저
고운 사람한테는 고운 잔망루피를 보여주고,
미운 사람한테는 미운 잔망루피를 보여줬거든.

바보야~ 먼저 못난 건 내가 아니야!

어리다고 시키지 말아요,
치사해서 말도 못하고

부장님.

마.지.막으로 경.고합니다.

"이건 막내가 해볼까?"
"우리 중에 잔망루피가 제일 어리잖아~"

이런 말씀!
절대 하지 마.십.시.오.

어려도 주먹 짱 셉니다.
어려도 이빨 날카롭습니다.
어려도 SNS에 궁시렁거릴 수 있습니다.

부장님을 가만 안 두기 전에
저를 가만히 두십시오.

-잔망루피 올림-

귀여운 내가 참는다

어처구니없는 일이 있을 때마다 이렇게 생각해.

'귀여운 내가 참는다.'

그러면 상대방 입장도 이해가 돼.

'아, 저 사람은
 안 귀여우니까 안 참는 거구나.'

다음부턴 그냥 안 넘어갑니다

내가 다른 사람이랑 싸울 때 쓰는
마법의 문장을 알려줄게.

바로바로…

"다음부턴 그냥 안 넘어갑니다."

속뜻은 '이번엔 그냥 넘어갈 거야'지만
묘하게 세 보이고, 봐준다는 뉘앙스 때문에
인심 후해 보이기까지 하지.

주의할 점은,
똑같은 상대에게 똑같은 상황에
세 번 이상 쓰면 안 된다는 거야.

'다음'을 세 번 이상 약속하는 건
사랑에서도 싸움에서도 우스워 보이게 만들거든….

"봐줄 때
적당히
넘어가라~"

좋은 게 좋은 거라뇨?

세상에서 제일 부드럽게 폭력적인 말은
'좋은 게 좋은 거다'라는 소리야.

좋아야 좋지, 안 좋은데 어떻게 좋아?
안 좋다는데 왜 좋으라고 해?

그렇게 좋으면 너나 계속 좋을 것이지
왜 싫다는 나한테 같이 좋자고 하냐고~

내 잘못이 없다는 게 아니라
네 잘못도 있다는 거야

난 쿨한 비버야.

퍼스널컬러?
여름 쿨 라이트.

제일 좋아하는 음료는?
쿨피스.

침대에 누워선?
그 누구보다 쿨쿨.

뒤끝 같은 건 내 사전에 없다, 이거지.

그런데 아주 가끔씩…
정말 가끔씩은 말이야…

자려고 누우면 5년 전 싸웠던 그 애한테
이 말을 꼭 해주고 싶을 때가 있어.

"내 잘못이 없다는 게 아니라 네 잘못도 있다는 거야."

"나는 사과했는데 너는 왜 사과 안 해?"

"지금이라도 해."

"얼른!!!!"

출근해주셔서 감사합니다

어제 옆자리 동료가 또 그만뒀어.
이제 내 앞뒤양옆에 아무도 없어.

냄새 나는 간식도 마음대로 먹고,
슬리퍼 벗고 발가락도 쭉쭉 펴고
몰래몰래 인스타그램도 해.

아! 물론 틈틈이 일도 하지.

그러니까 회사야 잘하자!
내 자리까지 텅 비기 전에!

ZANMANG_LOOPY

#오늘부터내가사장 #사실아님 #일개사원 #월급좀도둑

인생은 매일매일 데굴데굴

나는 머리의 용량이 쪼그만 잔망루피.

나쁜 기억을 오래 간직하지 못한다는 건,
그래서 슬프다가도 금방 힘을 낸다는 건,
분노의 자리에 금세 기쁨이 차오른다는 건
약점에서 개발된 장점인 것 같아.

인생은 매일매일 데굴데굴이라서
영원한 약점도 장점도 없는 거겠지?

오늘도 그런 불확실성에 기대면서 하루를 연명한다.

잔망룬세이

데굴데굴 얼레벌레 어떻게든 굴러가는 잔망루피 이야기

초판 1쇄 발행 2023년 8월 23일
초판 2쇄 발행 2023년 9월 1일

지은이 정지음
펴낸이 김선식

경영총괄 김은영
편집인 박경순

책임 편집 문해림 **책임 마케터** 배한진
편집관리팀 조세현, 백설희 **저작권팀** 한승빈, 이슬, 윤제희
마케팅본부장 권장규 **마케팅3팀** 권오권, 배한진
미디어홍보본부장 정명찬 **영상디자인파트** 송현석, 박장미, 김은지, 이소영
브랜드관리팀 안지혜, 오수미, 문윤정, 이예주 **지식교양팀** 이수인, 염아라, 김혜원, 석찬미, 백지은
크리에이티브팀 임유나, 박지수, 변승주, 김화정, 장세진 **뉴미디어팀** 김민정, 이지은, 홍수경, 서가을
재무관리팀 하미선, 윤이경, 김재경, 이보람
인사총무팀 강미숙, 김혜진, 지석배, 박예찬, 황종원
제작관리팀 이소현, 최완규, 이지우, 김소영, 김진경, 양지환
물류관리팀 김형기, 김선진, 한유현, 전태환, 전태연, 양문현, 최창우
외부 스태프 디자인 강경신 **배경 그림** 사이

펴낸곳 다산북스 **출판등록** 2005년 12월 23일 제313-2005-00277호
주소 경기도 파주시 회동길 490
전화번호 02-704-1724
이메일 kspark@dasanimprint.com
홈페이지 www.dasan.group
용지 신승지류유통 **인쇄 및 제본** 상지사 **코팅 및 후가공** 평창피앤지
ISBN 979-11-306-4541-4 (02810)